Sikitoumkeg

Là où la baie
court à la mer

Claude Le Bouthillier

Sikitoumkeg

Là où la baie
court à la mer

Conte historique
amérindien

Illustrations

Réjean Roy

La Grande Marée

L'éditeur désire remercier la Direction des arts
du Nouveau-Brunswick pour l'aide financière
à la publication de ce projet d'édition.

Il reconnaît également, pour ses activités d'édition,
la contribution financière du gouvernement du Canada
par l'entremise du Fonds du livre canadien (FLC).

Illustrations :
  Réjean Roy

Révision linguistique :
  Catherine Laratte

Graphisme et conseil à l'édition :
  Raymond Thériault

Distribution :
  Prologue inc.
  1650, boul. Lionel-Bertrand, Boisbriand, QC J7H 1N7

ISBN 978-2-349-72325-3

© Éditions La Grande Marée ltée, 2014
  C.P. 3126, succ. rue Principale
  Tracadie-Sheila (Nouveau-Brunswick) E1X 1G5 Canada
  Téléphone : 1 506 395-9436
  Courriel : jouellet@nbnet.nb.ca
  Site Web : www.lagrandemaree.ca

Dépôt légal : 4ᵉ trimestre 2014, BNC, BNQ, CÉAAC

En hommage à mon père Paul qui nous faisait rêver avec les contes *Les Mille et Une Nuits* qu'il réinventait à sa façon.

Aux Ross, mes ancêtres écossais du côté de ma grand-mère paternelle. Des elfes et des farfadets de la forêt, mon parrain Sandy avait reçu le don de raconter et de faire rire.

Aux Ward, mes ancêtres du côté maternel, issus de la verte Irlande, qui ont mis de la force dans nos bras, de la bonté dans notre cœur, de la magie dans notre esprit.

Et finalement, aux Mi'kmaq puisqu'un peu de leur sang coule dans mes veines.

Préambule

Au printemps 2012, je séjournais trois mois au Saguenay-Lac-Saint-Jean, comme écrivain en résidence. C'est là que j'ai commencé ce conte. J'ai été inspiré par cette merveilleuse région, Capitale culturelle du Canada en 2010, tout comme Caraquet le fut en 2003 et en 2009 en raison de la qualité de ses créateurs.

C'est faire preuve de clairvoyance et de sagesse que d'investir dans les arts. Des recherches démontrent que les régions et les villes se développent en fonction du pourcentage de créateurs qui y habitent. Imaginons un instant un monde sans art et sans culture, un monde dépourvu de musique, de chansonniers, de théâtre, de livres, de peinture, de sculpture. Un pays sans décoration, sans architecture et sans gastronomie ; que de la nourriture sans couleur et des courtepointes grises ! Qui voudrait vivre dans un tel lieu ?

J'ai voulu écrire un conte amérindien qui s'inspire de l'histoire des Innus (Montagnais) et des Mi'kmaq. Un conte qui parle des Saguenéens, ainsi que des Acadiens, où l'histoire des Blancs d'Amérique est liée à celle des Amérindiens. Venant d'Asie il y a plus de 10 000 ans, ceux-ci passèrent par le détroit de Behring, s'établirent dans les territoires connus aujourd'hui sous le nom d'Alaska et de Canada. Puis au fil des millénaires, ils essaimèrent vers le Québec et la côte Atlantique.

Je crois que ce conte intéressera les adolescents et les adultes de tout âge. Les jeunes enfants aussi, à condition qu'on le raconte sous une forme simplifiée.

1

Il était une fois… Des millénaires avant Jésus-Christ vinrent en Amérique ceux qu'on appelle de nos jours les Amérindiens.

Tout comme nous, les Amérindiens ont leur propre façon d'expliquer la création du monde : « Il y a bien longtemps, après que le Grand Esprit ait fabriqué toutes les choses de la terre, de la mer et du ciel, le Créateur s'est tourné vers Kluskap et lui a dit : "Il est temps, je crois, de créer les gens[1]". »

Chez les Mi'kmaq[2], on retrouve Kluskap. Il a fait de la Terre un petit paradis. Il a montré comment vivre avec sagesse sans abuser du pouvoir, comment respecter la nature et les animaux, comment se soigner avec les plantes. Quand il eut fini de peindre la splendeur du monde, il trempa son pinceau dans un mélange de couleurs et créa Epekwitk[3]. Kluskap est un géant. Quand il dort, la Nouvelle-Écosse lui sert de lit et l'Île-du-Prince-Édouard,

---

1. A.J.B. Johnston et Jesse Francis, *Ni'n na L'nu : Les Mi'kmaq de l'Île-du-Prince-Édouard*, Tracadie-Sheila, La Grande Marée, 2014, p. 22.

2 « Peuple de la mer » ou « peuple de l'aurore ». Ils habitaient la Mi'kma'ki, qui comprenait les Provinces maritimes et la Gaspésie actuelles.

3 Ce qui signifie : « berceau sur les vagues » ou « qui repose sur l'eau ». Les Français nommaient cette île l'île Saint-Jean, tout comme les Acadiens d'antan. On la connaît aujourd'hui sous le nom d'Île-du-Prince-Édouard.

d'oreiller. Il fut tué par son jumeau, mais il ressuscita doté de nombreux pouvoirs.

Chez les Hurons-Wendat comme chez les Iroquois, on parle d'Ataentsic, la femme qui vint du ciel pour créer la Terre, qui était alors une île. Elle tomba sur le dos de la grande tortue reconnue pour son intelligence et dont la carapace s'agrandit pour former l'Amérique du Nord, Ataentsic donna naissance à une fille. À son tour, cette dernière enfanta. Elle eut des jumeaux : l'homme de feu, Tsestah et l'homme de silex, Tawiskaron. Ils représentaient le bien et le mal. Tsestah tua Tawiskaron, dont l'esprit survécut toutefois. Cela évoque l'histoire de Caïn et d'Abel.

Chez les Montagnais, on retrouve Tshakapesh, le dieu chasseur. Celui-ci avait lancé un lasso pour capturer le soleil qui gambadait sur la crête des vagues. Surpris, l'astre s'était mis à gigoter. Notre héros, qui avait pris appui sur le bord du canot, ne voulait pas entendre les cris de ceux qui le suppliaient de lâcher le lasso, car ils craignaient d'être brûlés. Des vagues soulevaient l'embarcation, des ouananiches sautaient hors de l'eau par milliers. Castor géant, de sa queue plate, frappait l'eau pour créer un immense geyser qui noierait le soleil. Puis d'un coup de dent, il trancha le cordage. Les Anciens délibérèrent dans la tente tremblante[4] au son de mélopées millénaires.

---

4. La tente tremblante est un rite de guérison répandu dans certaines tribus, dans lequel le chaman construit une tente et convoque les esprits et ses guides spirituels. Leur arrivée se signale par des cris d'animaux et le tremblement de la tente. (D'après *The Canadian Encyclopedia*.)

Finalement Tshakapesh fut condamné à se rendre sur la plus haute montagne du Saguenay, à y vivre dans

la solitude en compagnie de la lune, tout en souhaitant que le grand Manitou pardonne. Mais notre héros avait plus d'un tour dans son sac. Il mit le feu aux forêts de la lune qui rallumèrent les pierres noires du soleil et bientôt l'astre se mit à resplendir de tous ses feux.

Une fois le monde créé, vint l'époque de l'orignal à une corne (pensons à la licorne), du loup ailé qui jouait à saute-mouton dans les nuages et des mocassins magiques qui permettaient de franchir de grandes distances. Aux alentours, un ogre gentil mangeait tout le temps ; il était devenu tellement gros qu'au lieu de marcher, il roulait. Parfois il se promenait dans un canot d'écorce, qui survolait lacs et montagnes et fendait le ciel.

En ce temps-là, les animaux, les arbres, les humains communiquaient entre eux. Ces derniers pouvaient à volonté se changer en un animal de leur choix. Les animaux, quant à eux, choisissaient parfois de se réincarner en humains. Les dieux, eux, conversaient avec les humains.

Puis l'orgueil, comme une plaie, s'empara des humains, qui se mirent à défier le Créateur. Vint alors la discorde ; les gens ne se comprenaient plus et devinrent méchants.

Pour les avertir, le Créateur envoya le feu d'un volcan. Venu des profondeurs de la mer, il avait ouvert en pays mi'kmaq une faille triangulaire qui partait de Sikitoumkeg[5] pour rejoindre Miscou[6] et Gaspeg[7].

En raison de ce feu, les Anciens nommèrent cette mer, la baie des Chaleurs.

Mais les humains ne s'amendaient pas. Ils continuaient à faire preuve d'envie, d'orgueil et de jalousie. Le Grand Manitou décida alors de déclencher « les grandes eaux » qui couvriraient toute la Terre.

Il avertit toutefois le clan des justes, deux familles, soit une douzaine de personnes qui gardaient de la bonté dans leur cœur et cherchaient à aider leur prochain. Ils construisirent un immense canot d'écorce qui contenait des vivres pour quelques mois. Ballottés par des vagues sans fin et une pluie incessante, les survivants s'accrochèrent à la vie. Comme la vague qui se calme parfois, ils oscillaient entre espoir et désespoir.

Au bout de quelques semaines, un corbeau — un oiseau reconnu pour sa vive intelligence — avait amené la bonne nouvelle, portant un trèfle dans son bec : les eaux se retiraient des terres hautes. Des plantes et des animaux avaient survécu sur les plus hautes montagnes.

---

5. « Là où la baie court à la mer » en mi'kmaq, soit la région de Campbellton-Dalhousie, au Nouveau-Brunswick.

6. « Terre basse et marécageuse » en mi'kmaq. L'île Miscou se situe à l'extrémité de la Péninsule acadienne, au nord-est du Nouveau-Brunswick.

7. « Au bout des terres », en mi'kmaq. La Gaspésie, de nos jours.

On aperçut au sud de la baie des Chaleurs, sur l'île Caraquet[8], une immense aiguille rocheuse qui chatouillait les nuages, et d'où sortaient par moment les fumerolles du volcan. À mi-hauteur, dans une grotte, sur une stèle de granit rose reposait un cristal aux couleurs de l'arc-en-ciel. Personne n'avait jamais rien vu d'aussi beau.

Le chaman était entré en transe. Il avait parlé aux esprits bienveillants. Il apprit que le cristal était une pierre protectrice, une pierre sacrée, cadeau du Grand Manitou.

À celui qui le vénérait, le cristal apportait amour, solidarité, créativité, résilience et débrouillardise. Mais il fallait découvrir les paroles, les formules incantatoires qui éveilleraient ses pouvoirs. La tribu connaissait la force des mots. Nommer un objet, le décrire, c'était déjà le posséder, détenir le pouvoir sur lui. Sur la plus haute montagne[9], dans la région de Sikitoumkeg, là où les prières montaient plus vite au ciel, le chaman entendit Manitou lui souffler les mots magiques.

Chaque mois, les gens de la tribu venaient dans la grotte. À l'écart, car la formule devait rester secrète, le chaman psalmodiait les paroles incantatoires. Tous s'imprégnaient alors des vibrations bénéfiques du cristal.

---

8. « À l'embouchure de deux rivières » en mi'kmaq.
9. Le mont Sugarloaf (littéralement, « pain de sucre ») est situé à Campbellton, au nord du Nouveau-Brunswick.

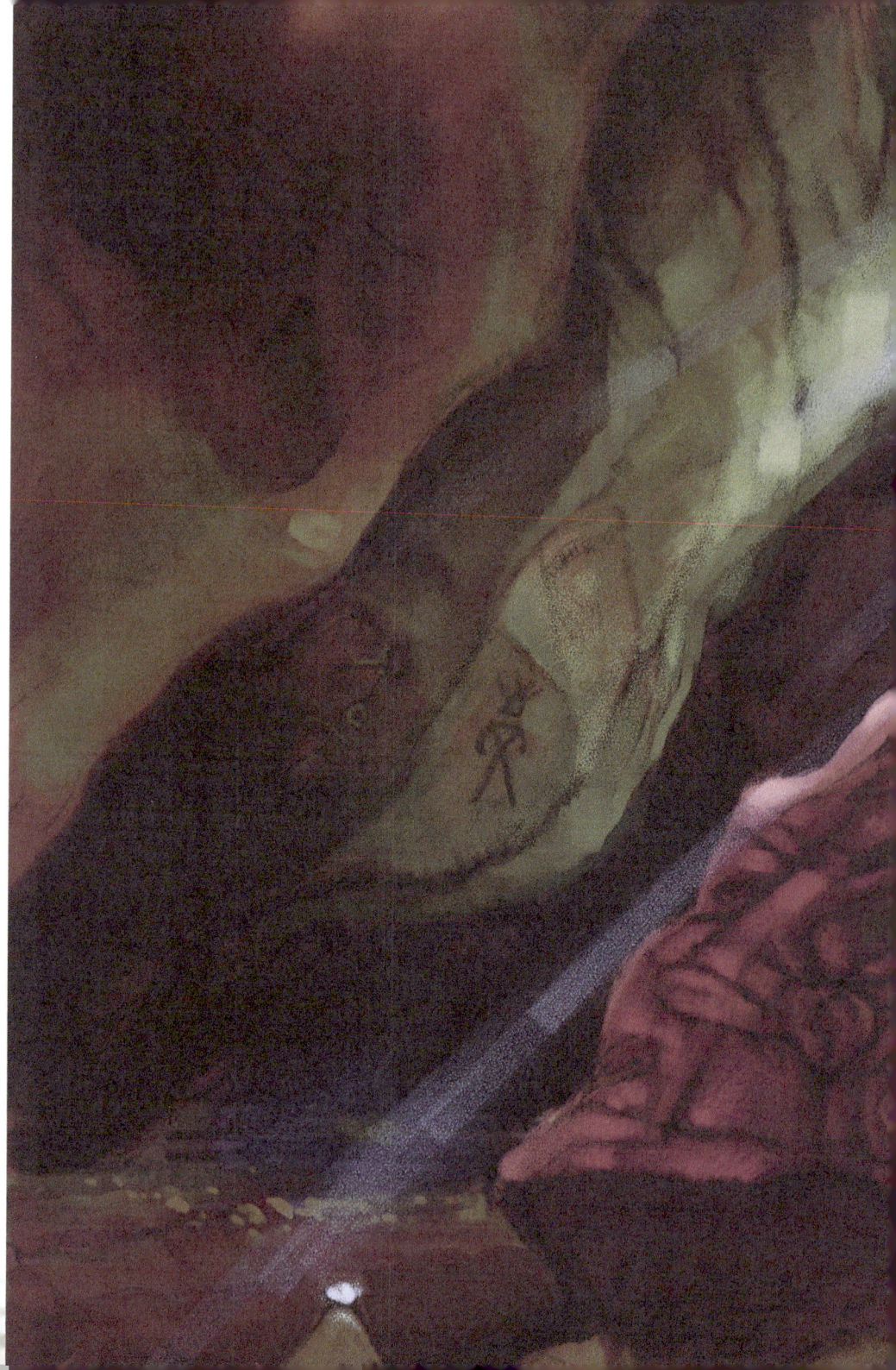

Les autres tribus venaient aussi. C'est ainsi que les peuples amérindiens traversèrent des moments heureux ; les petites chicanes, les jalousies, l'envie, l'égoïsme s'estompaient peu à peu.

Les Mi'kmaq qui commerçaient avec les Innus[10] connaissaient l'histoire du déluge. Un objet en feu était tombé du ciel dans leur contrée, formant un immense cratère d'où étaient nés le lac Piékouagami[11] et le fjord du Saguenay[12].

Toutefois pour une raison inconnue, le cristal commençait à perdre son pouvoir et l'unité au sein des tribus s'étiolait. Que ce soit chez les Mi'kmaq de la baie des Chaleurs ou chez les Innus de la Côte-Nord et du Saguenay, les disputes reprirent. S'ajouta un phénomène inusité ; peu à peu, au Saguenay, la salinité du fjord diminuait.

---

10. Connus aussi sous le nom de Montagnais.
11. Le lac Saint-Jean.
12. Pitchitaouichetz, ce qui signifie : « La rivière qui coule entre deux montagnes ».

2

Il y avait toutefois de l'espoir : une légende amérindienne qui se transmettait de génération en génération depuis la nuit des temps disait que des jumeaux dotés d'un pouvoir de prophéties et de visions ramèneraient la paix et l'unité, qu'ils pourraient ranimer le cristal sacré. On les reconnaîtrait, car ils auraient du côté du cœur une tache de naissance en forme d'étoile et les yeux bleus, preuve du passage des Vikings.

L'histoire des jumeaux commence en pays mi'kmaq dans la baie des Chaleurs, à Sikitoumkeg. C'était bien avant l'arrivée de Christophe Colomb en Amérique.

Le hasard voulut que la guerre mène à l'amour et à la naissance des jumeaux. Voici comment. Parfois, les Mi'kmaq et les Montagnais se battaient pour des vétilles. Il y avait eu une escarmouche concernant les territoires de chasse et Assiniwi[13], le grand chef mi'kmaq avait été blessé. Il fut soigné par Brise caressante, une belle Montagnaise dont il tomba amoureux. On imagine le reste.

---

13. Au-delà de l'espace-temps, l'auteur rend hommage à l'ami Bernard Assiniwi, d'origine algonquine.

Les enfants prodiges furent conçus lors de la pleine lune d'automne (la Lune des moissons), un soir où les feux chalins — les éclairs de chaleur — dansaient à l'horizon.

Une consommation assidue de thé du Labrador facilita l'accouchement. Les enfants vinrent au monde au solstice d'été, le plus long jour de l'année. C'était l'annonce d'un présage heureux. Et l'étoile côté cœur, de même que leurs yeux d'un bleu éclatant[14] confirmaient la prophétie. La petite fille fut nommée Cœur azuré et le petit garçon, Cœur étoilé.

Les membres de la tribu rendirent hommage au soleil lors de son lever et de son coucher. Pour eux, l'astre était le véritable créateur de la nature. Ils désiraient voir leurs vœux exaucés quant aux dons des jumeaux. Leur hommage s'accompagna de demandes diverses : une bonne chasse et une bonne pêche, l'absence de maladie, de l'amour et une longue vie prospère. Parfois, ils allaient dans la tente de sudation psalmodier des chants, respirer des herbes sacrées et se purifier.

On cueillit ensuite des têtes de violon sur la montagne de Sikitoumkeg. Cette plante se mariait bien à la chair succulente du saumon de la Ristigouche[15]. Un grand festin prit place autour du feu avec des danses au son des tambours.

---

14. Jacques Cartier parle d'Amérindiens aux yeux bleus.
15. Ce qui signifie : « désobéis à ton père ».

Tous les produits de la mer étaient à l'honneur. Truite cuite dans la glaise, homard grillé sur la braise, anguille fumée dans une soupe de racines de quenouilles et d'échalotes, soupe aux huîtres et crevettes avec des feuilles de menthe, chaudrée de palourdes avec ail des bois et cresson finement haché ainsi que des filets de morue dans une sauce aux moules. Sans oublier le plat favori, des moules à la vapeur assaisonnées de cresson, de pissenlits et de feuilles de moutarde noire.

Le plat de résistance consistait en un esturgeon de trois mètres de long assaisonné d'épices traditionnelles : ail des bois, menthe sauvage, cocottes de pins et sel de mer. Enveloppé de feuilles de nénuphar et cuit dans la braise, le tout était accompagné de riz sauvage aux champignons. Un vrai régal.

L'enfance des jumeaux fut semblable à celle des autres enfants. Le lien tissé entre le frère et la sœur était très profond. Ils étaient inséparables. On était à l'affût de leurs premières paroles. On surveillait leurs moindres gestes, on scrutait leurs dessins, on restait à l'écoute de leurs rêves. Mais le don de vision et de prophétie ne se manifestait pas. La tribu était inquiète et les signes de discorde s'amplifiaient. Le cristal sacré perdait de son pouvoir. Y avait-il eu erreur ? Les parents, eux, gardaient confiance et ne laissaient pas paraître leurs inquiétudes. Ils restaient convaincus que les jumeaux devaient d'abord vivre leur enfance avant de manifester leur don.

Parfois, les enfants qui avaient des dons surnaturels possédaient une double identité sexuelle : ils étaient à la fois homme et femme. On les appelait des berdaches et ils suscitaient un immense respect. Mais cela ne semblait pas être le cas de Cœur azuré et de Cœur étoilé.

Cœur étoilé s'intéressait aux jeux de force et d'adresse, tout comme les autres garçons de la tribu. Il jouait à la guerre avec des tomahawks, des arcs et des flèches. Il apprenait la chasse et la cueillette, et parfois la guerre, lorsque cela était nécessaire. Quant à Cœur azuré, à la force elle préférait le sourire, la beauté et la douceur. Elle collectionnait des poupées faites d'épis de maïs et de feuilles tressées que son père lui offrait, ainsi que des coquillages sculptés, cadeaux de sa mère, pour faire des colliers. Elle ne manifestait aucune inclination pour le rôle traditionnel de la femme ; les tâches ménagères telles que tisser, tresser des paniers, fabriquer des vases en argile, teindre les piquants de porcs-épics et les vêtements, découper la viande et préparer un repas ne l'intéressaient pas. Par égard pour son don de vision et de prophétie, qui ne se manifestait toujours pas, on la laissa tranquille.

Les jumeaux connurent une enfance heureuse, loin des tracas de la vie. Il n'y avait jamais de punitions corporelles. Un mauvais comportement était réprimandé par les parents ou bien la tribu ignorait l'enfant jusqu'à ce qu'il s'amende.

Une fois, les parents eurent très peur. Les jumeaux étaient partis avec leurs patins dont la lame était taillée dans un os d'orignal. Ils se dirigeaient vers la baie gelée et dentelée qu'ils adoraient sillonner. Les voilà qui patinent sur les vagues que le vent a figées. On aurait dit des goélands qui planaient. Il y avait danger : de la glace morte et des crevasses. La banquise s'était même disloquée et un bloc de glace dérivait vers le large. Ils furent sauvés à temps ; plus de peur que de mal.

3

Quand les jumeaux eurent six ans, une expédition en canot quitta Caraquet pour Memquit[16]. Une cérémonie sacrée devait s'y tenir, qui, d'après le chaman, réveillerait les dons des enfants.

Le canot était construit avec l'écorce épaisse que l'on récolte l'hiver sur les bouleaux. Il était muni d'une proue élevée.

La mer était calme, l'équipage pagayait en chantant. Un petit vent se leva et les vagues vinrent caresser le grand canot. On hissa la voile carrée en peau d'orignal.

Peu à peu, le ciel frileux se couvrit d'une immense courtepointe irisée comme les écailles de maquereaux. Au lever du soleil, le ciel pourpre ressemblait à des canneberges gonflées et menaçantes. Le firmament gronda, des éclairs zébrèrent les nuages noirs. Une énorme tempête se préparait. Le canot qui transportait dix personnes était fait pour affronter les fortes vagues, mais là, les éléments étaient déchaînés.

Les parents, le chef de clan et sa femme étaient inquiets. Quant aux jumeaux, inconscients du danger, ils adoraient les soubresauts du canot et le mugissement du vent.

---

16. Les îles de la Madeleine.

Une vague plus forte que les autres emporta Cœur azuré. Elle flotta un instant à la surface de l'onde. Elle se débattait dans un tourbillon d'écume. Les parents supplièrent le Grand Manitou de la sauver. C'est alors qu'ils virent apparaître des dauphins. Ils symbolisaient l'espoir que l'enfant serait recueilli.

La tempête semblait se nourrir du souffle des nuages et de la bave du ciel. Craignant le pire, on plaça Cœur étoilé dans une sorte de panier fermé. On l'attacha alors au mât qu'on avait enlevé de son socle.

Il était temps. Le canot chavira.

Le petit garçon, attaché au mât de fortune, fut sauvé par l'équipage d'un canot de Mi'kmaq qui avait survécu à l'ouragan.

Cœur étoilé reçut alors le surnom d'« Oganoteg », ce qui veut dire « sauvé des eaux », tout comme Moïse dans la Bible. Et comme c'était la coutume, toute la tribu l'adopta. Il était entouré de pères et de mères aimants.

Un heureux hasard survint. Sa grand-mère paternelle était responsable du savoir médical traditionnel en plus de préserver, l'hiver, le feu. Elle réussit l'exploit de le faire durer trois lunes ; c'est ainsi que le feu devint sacré. Toute la tribu célébra et lui rendit hommage pour avoir conservé du Père de la lumière, le soleil, le feu régénérateur. Elle devint chef de clan et se dévoua corps et âme en mobilisant toute la tribu pour ravigoter son petit fils.

L'enfant restait inconsolable. Il s'en voulait de n'avoir pu sauver sa sœur. Il s'en voulait d'avoir survécu. Il pleurait le départ de ses parents. Il s'ennuyait de sa mère qui le berçait, de son père qui lui racontait des histoires et l'amenait à la chasse et à la pêche. Il se mura dans le silence. Il avait même perdu sa passion pour le tir à l'arc et le jeu de bilboquet.

Les premiers temps, il fit d'affreux cauchemars. Chaque soir, il prenait une boisson à base d'eau d'érable pour se calmer. On suspendit près de sa couche un capteur de rêves, un cerceau enserrant un filet en forme de toile d'araignée qui neutralisait les mauvais esprits et retenait les cauchemars. On avait ajouté en son centre une plume d'aigle pour nourrir le courage. Dans un coquillage, du foin d'odeur et des brindilles de cèdre brûlaient pour apaiser Oganoteg et équilibrer ses énergies. Les quatre éléments étaient ainsi présents ; la terre et le feu, l'eau avec le coquillage, la fumée représentant l'air.

Oganoteg passa par une période où la lenteur était reine. Il se promenait à petits pas comme s'il cherchait à ralentir le temps, à revenir en arrière.

La joie revint petit à petit, entrecoupée d'une certaine nostalgie pour ses parents et pour sa sœur, sa complice, une partie de lui-même. Il était chagriné de ne pas pouvoir connaître ses pensées à elle. Il s'ennuyait de ne pas pouvoir continuer leur jeu favori qui consistait à se cacher mutuellement leurs pensées.

Les contes et les soirées passées à rêvasser auprès du feu aidèrent Oganoteg à s'envoler, comme des volutes de fumée, vers des contrées lointaines. Il aimait entendre la légende de la rivière Epetkutogoyek[17]. Une bataille épique avait eu lieu : le guerrier mi'kmaq Kluskap avait voulu donner une leçon à l'anguille arrogante. Le homard s'en était mêlé. Le combat avait soulevé tellement de vase que la rivière avait pris la teinte du chocolat et laissé un tracé sinueux où surgissait un des plus importants mascarets au monde ; à marée montante déferlait une vague qui pouvait atteindre plus de deux mètres.

---

17. Ce qui signifie : « qui se courbe comme un arc ». Aujourd'hui, la rivière Petitcodiac. Les anciens Acadiens appelaient Moncton « Le Coude », en raison de l'angle formé par la rivière à cet endroit.

D'autres histoires l'émerveillaient aussi, telle celle de la méchante Gougou[18]. Cette déité mi'kmaq maléfique qui habitait l'île Miscou, était haute comme un mât de navire et gardait des prisonniers dans sa poche ventrale. Elle croquait les humains comme si c'était des friandises, tout en lançant de grands cris de satisfaction.

Un beau matin, Oganoteg parla d'un rêve qu'il avait fait.

– Je sens la présence de ma sœur : elle joue dans un pays de rivières et de montagnes. J'y vois un lac sans fin.

La joie de savoir la fillette vivante réconforta la tribu. Elle se réjouissait aussi parce que, pour la première fois, le don de vision d'Oganoteg s'était manifesté. L'espoir renaissait pour le cristal sacré.

Des messages furent envoyés dans tout le pays pour retrouver Cœur azuré.

---

18. Champlain la mentionne dans ses écrits.

4

Après la tempête au cours de laquelle avaient péri les parents d'Oganoteg, des dauphins avaient porté Cœur azuré sur l'île nommée Epekwitk où elle fut recueillie par des Montagnais.

Ils s'aperçurent qu'elle avait le don de vision et de prophétie, en raison de son étoile du côté du cœur et de ses yeux bleus.

Les Montagnais vivaient dans un endroit fabuleux connu sous le nom de Royaume de Saguenay, non loin du cap Éternité qui découpait l'azur tout en baignant dans un fjord majestueux. S'y mêlaient l'eau douce de la surface et l'eau salée des profondeurs ; y vivaient les poissons des deux univers. Ainsi en avait décidé l'Esprit des eaux, le Grand Manitou qui pouvait tout et qui savait tout.

À l'arrivée de Cœur azuré, les épinettes géantes ondulèrent, frôlant l'écorce des nuages, le tonnerre roula sur le cap Trinité et la foudre rabota les berges de granit.

Ce fut aussi la fête pour les baleines bleues. Le fjord gambadait, les éperlans frétillaient dans les vagues d'écume déferlant sur la grève et les montagnes des alentours formaient un berceau.

Tous ces signes furent interprétés comme un bon présage.

Ce fut la fête jusque tard dans la nuit. Au coin du feu, on dansa au son de la flûte d'os et du tambour qui rythme les battements du cœur. Des contes qui évoquaient les exploits des héros agrémentèrent la soirée.

Kégona, le chef de clan, adopta Cœur azuré. Il était déjà reconnu pour sa sagesse, et son prestige s'étendit alors au-delà du grand fleuve et jusqu'à la côte atlantique.

Quant à sa mère adoptive affectueusement prénommée Perle de rosée, on s'inclinait devant elle et on décodait jusqu'à ses silences, car elle parlait peu et toujours à bon escient.

Cœur azuré fut appelée Mistouka, ce qui signifie « petite princesse du Royaume ». Elle pleurait souvent en pensant à ses parents. Son frère lui manquait terriblement. La pleine lune lui rappelait un rêve qu'elle avait fait avec son frère.

Ils grimpaient au sommet d'une gigantesque épinette à Tabusintac[19], où avaient niché des balbuzards. Ces oiseaux, tenant dans leurs serres un poisson, survolaient la rivière Miramichi, non loin du territoire des Mi'kmaq que l'on nommait les Cruciantaux, car ils connaissaient et respectaient la croix bien avant l'arrivée des Blancs. En effet, la croix ornait leurs costumes, leurs raquettes, leurs canots

19. Ce qui signifie : « deux entrées ».

de même que les couvertures qui recouvraient le sein des femmes enceintes. Leurs ambassadeurs portaient toujours une croix avec le message qu'ils avaient à transmettre. D'après la tradition, lors d'une grande famine, un ancien avait vu en rêve un jeune homme qui lui avait parlé de la croix comme d'un symbole réparateur.

Dans leur rêve, les jumeaux se retrouvaient sur l'astre de la nuit. Comme il leur fallait revenir sur terre et que la lune continuait son périple céleste, ils eurent un moment d'angoisse. Au large de Lamèque[20], grâce à un arc-en-ciel qui annonçait le beau temps, ils réussirent à descendre sur une haute vague où un canot les attendait.

Mistouka se fit capricieuse. Elle voulait tout, tout de suite. Lorsqu'on lui refusait quelque chose, elle entrait dans une colère terrible, tapait du pied, se roulait par terre et hurlait jusqu'à ce qu'elle gagne ou jusqu'à épuisement. Et comme on savait que cela faisait partie de son deuil, elle gagnait souvent.

Elle avait adopté un petit renard argenté qui avait perdu ses parents. Elle l'avait trouvé au bord du lac Kénogami[21]. Elle le baptisa ainsi. Elle en fit son animal totémique. Il représentait la ruse, la beauté et la liberté. Ils devinrent inséparables. Cela la consola un peu.

---

20. Ce qui signifie : « tête tournée de côté ».
21. « Long lac » en innu.

Le choc causé par la perte de sa famille avait activé son don de vision et de prophétie. C'est ainsi qu'elle sut que son frère était vivant et que bientôt il viendrait. Pendant qu'elle embellissait son cœur des moments à venir, la tribu préparait la fête.

❋ ◆ ❋ ◆ ❋

Un jour, Mistouka prévint la tribu d'une terrible catastrophe. Métabetchouane, le géant qui habitait dans la grande grotte située derrière la chute de l'Épouvante s'était mis en colère. Il frappait le sol de ses pieds immenses, la terre avait tremblé et des villages entiers avaient été détruits. En fait, les sautes d'humeur de Métabetchouane annonçaient le Grand Feu. Ce dernier, se propageant plus vite que l'orignal au galop, rasa tout sur son passage. Mais tous avaient eu le temps de fuir, emportant sur leur dos leurs maigres biens auxquels ils étaient si peu attachés.

On grava cet épisode sur une paroi de granit bordant le fjord : la falaise ressemblait à un immense tableau.

5

La bonne nouvelle concernant le lieu où vivait Mistouka se rendit enfin chez les Mi'kmaq de la baie des Chaleurs. L'enfant perdue était retrouvée.

À l'aube de ses 8 ans, Oganoteg partit avec des membres de sa tribu pour rencontrer sa sœur. Ils pagayèrent longtemps sur le « chemin qui marche », le Saint-Laurent, avant d'arriver à l'embouchure du fjord. La force des courants était telle que le canot était ballotté comme un fétu de paille. La mer, dans un fracas étourdissant, cherchait à dompter le fjord, que les Montagnais avaient baptisé le fleuve de la mort. Des vents soudains firent craindre pour leur vie. Des vagues de trois mètres s'élevèrent. Des grêlons s'abattirent. Finalement, ils réussirent à accoster sur la rive du fjord, à l'anse au Manitou, leur dieu, qu'ils avaient invoqué.

Ce fut une rencontre émouvante. Les jumeaux avaient tant de choses à se dire, tant de moments précieux à rattraper, tant d'étreintes à se donner. Dans un premier temps, ils parlèrent peu, ils se comprenaient sans avoir besoin de recourir aux mots. Et comme la langue des Mi'kmaq et celle des Montagnais étaient apparentées, les membres des deux tribus purent rapidement échanger.

❊ ◆ ❊ ◆ ❊

La fête commença tôt le matin et se prolongea tard dans la nuit, au son des tambours et des flûtes de sureaux.

Dans une auge en bois remplie d'eau, on fit bouillir un cœur d'orignal, un délice chez les Amérindiens. Les jumeaux étaient fascinés par le chuintement des pierres rougies par le feu qu'on plaçait dans l'auge.

Le festin s'annonçait. Au menu, du pain indien[22] cuit dans la braise et la cendre chaude, qu'on avait agrémenté de baies sauvages (framboise, bleuet, fraise, atoca) de graines de tournesol et de noisettes écrasées ; le tout accompagné de confitures, de miel, d'eau de bouleau noir et de thé à la menthe sauvage ou de lait d'orignal. Il y avait aussi des oeufs de tortues brouillés au saumon fumé, servis avec des pissenlits, de la moutarde noire, des racines de nénuphars grillées et des racines de quenouilles cuites dans la braise.

Le mets principal, un plat gargantuesque à base de pâtes de maïs, se composait de gibier : lièvre, chevreuil, orignal, castor, canard sauvage, perdrix, caribou et tourte, d'où son nom de tourtière.

On avait aussi préparé des quartiers d'ours rôtis, des canards farcis de champignons et d'atocas, des ragoûts de lièvre accompagnés de têtes de violon, de thym et de poireaux sauvages.

---

22. La « bannique », dérivé de l'écossais *Bannock*.

Pour les jumeaux, l'heure était aux retrouvailles. Ils participèrent peu au festin.

Dans la grotte de la baie des Chaleurs, le cristal sacré continuait de perdre son pouvoir. Les jumeaux représentaient le dernier espoir, mais il fallait attendre qu'ils grandissent en âge.

Mistouka emmena son frère à l'île du fjord. C'est là qu'ils aperçurent par une pleine lune orangée une ombre qui s'évanouissait, qui réapparaissait : un petit monstre marin se montra avec ses beaux grands yeux noirs, ses oreilles pointues, sa barbiche et ses pieds palmés. Il avait la forme d'une sirène argentée.

– Il a un cœur d'or, dit Mistouka.

Il avait pour nom Chicoutimi, ce qui signifie « la fin des eaux profondes ». Elle l'appelait Timi. Quand elle était fâchée, elle marmonnait Chicou, Chicou…

Timi était comme eux deux, un solitaire. Et il avait aussi un don... Il savait parler aux poissons.

Une belle complicité s'installa rapidement entre lui et Oganoteg.

Un soir, ils trouvèrent Timi en pleurs : son cheval de mer préféré avait disparu. Il se sentait coupable d'avoir failli à sa tâche.

– Un requin peut-être, sanglota-t-il.

– Je serai ton nouveau cheval de mer, dit Mistouka. Tu pourras tout me confier.

– C'est une lourde tâche, tu sais, de veiller sur les plantes et les animaux aquatiques. L'an dernier, j'ai dû secourir un béluga qui était pris dans les glaces.

Pour le consoler, Mistouka lui parla de ses amis les bleuets qu'on dégustait avec de la viande séchée, le pemmican. Elle aimait particulièrement une famille de gros bleuets qui prenaient souvent ombrage du ciel azuré. Leur plus grande crainte était d'être abandonnés ; leur plus grande joie, de garnir une tarte pour le festin d'automne.

Quant à Oganoteg, il raconta une histoire sur les « contraireux », ceux qui s'opposent à tout et s'obstinent sur tout.

– Si on les salue en disant qu'il fait beau, ils disent le contraire. Si on leur annonce que le temps est gris, ils rétorquent qu'il fait beau. Ils font tout à l'envers : marcher, sauter, parler.

Oganoteg se mit alors à chanter à l'envers tout en sautillant sur les galets.

Timi se calma, puis se mit à rire.

❋ ◆ ❋ ◆ ❋

Mistouka avait besoin de retrouver ses souvenirs. Oganoteg raconta à sa sœur la vie quotidienne de leur tribu, vie rythmée par les saisons.

– Au printemps, il y a la lune du sirop d'érable. Puis, les Mi'kmaq pêchent le saumon et l'anguille, dénichent les mollusques et cueillent les têtes de violon. L'été, les fruits de la mer sont savoureux et nous nous sucrons le bec avec de petites baies. Notre peuple ne prend de la forêt que ce qui est nécessaire. L'automne, les chasseurs remercient le gibier avant de s'en nourrir. Parfois, des Iroquois nous procurent des pépites de métal[23] que nous martelons pour en faire des pointes de flèches. Sinon, il faut tailler la pierre, ce qui est difficile, car elle se brise facilement. Le secret, il faut la chauffer avant.

– C'est la même chose chez les Innus, poursuivit Mistouka. Et avec le métal, nous faisons aussi des hameçons et des pendentifs.

– Lors de la lune des neiges aveuglantes de février, continua Oganoteg, nous pêchons à travers un trou pratiqué dans la glace. Éperlans, morues, plies frétillent alors sur la baie gelée dans un miroitement de couleurs. Pour nous protéger du soleil, nous portons des lunettes en écorce de bouleau ; elles ont une fente horizontale au milieu, pour que nous ne soyons pas éblouis.

– Oui, je me souviens maintenant, continua Mistouka, les Innus font aussi de la pêche blanche. Les poissons remontent le « chemin qui marche » et arrivent dans le fjord. On pourrait dire que ce sont des ambassadeurs qui parlent du pays mi'kmaq. Et les phoques matures nourrissent et habillent notre peuple.

---

23. Du cuivre.

6

Finalement, les jumeaux eurent une vision commune.

Des guerriers blonds, des Vikings, sur un grand bateau à voile carrée et à rames faisaient escale à Miscou pour se ravitailler en eau douce. En effet, une source mystérieuse à quelques encablures de la côte bouillonnait dans la mer. Le drakkar avec, à sa proue, le dieu Thor qui semblait prendre son envol à chaque frémissement de l'onde, explora la baie des Chaleurs jusqu'à la tête des marées, à quelques kilomètres de Sikitoumkeg.

Pour témoigner de leur passage, les Vikings gravèrent des runes sur une pierre en un lieu connu plus tard sous le nom de Grande-Anse, au Nouveau-Brunswick.

Une semaine plus tard, l'immense embarcation arriva dans le fjord.

Les Vikings venaient dans un esprit de paix et les Montagnais les accueillirent chaleureusement, le visage couvert d'ocre rouge et jaune, couleurs de bienvenue.

Les explorateurs offrirent en cadeau à Oganoteg un cristal qui servait de boussole. Connu sous le nom de pierre de soleil, le cristal captait la lumière et guidait les marins en mer.

Le chef des Vikings donna à Mistouka un bracelet et un collier. Elle qui adorait se parer de bijoux et de fourrures soyeuses, tout comme sa mère adoptive ! Elle avait une collection de pendants d'oreille qui ressemblaient à de la porcelaine blanche ; en fait, il s'agissait de dents de poissons provenant d'échanges avec les tribus de la côte.

Au chef de la tribu, les Vikings offrirent du verre poli qui faisait office de loupe.

Pour marquer leur passage, ils dressèrent – comme à Grande-Anse – une stèle couverte de runes à flanc de montagne, tout près de pétroglyphes très anciens, des dessins gravés dans la pierre, qui témoignaient de la présence des Montagnais depuis des millénaires.

❈ ◆ ❈ ◆ ❈

Après que les Vikings partirent explorer la côte nord du Québec jusqu'au Labrador, les jumeaux eurent d'autres visions.

Ils aperçurent des vaisseaux aux grandes ailes blanches pareilles à celles des fous de Bassan. Ce qui fut confirmé par l'Histoire : en effet, en l'an 1534 de notre ère, Jacques Cartier pénétra dans ce qui est maintenant la baie des Chaleurs, baptisée ainsi en raison de la canicule qu'il faisait ce jour-là.

Ils le virent arriver dans le fjord du Saguenay. Ils le virent rentrer en France avec le chef amérindien Donnacona, exhibé comme un trophée devant le roi. L'Amérindien raconta que son royaume du Saguenay recélait or, pierres précieuses et épices savoureuses.

Oganoteg et Mistouka virent aussi les Basques qui venaient chasser la baleine et le morse pour leur huile, ainsi que des morues de deux mètres qu'ils auraient aimé chevaucher.

Puis l'enfance reprit le dessus : les visions cessèrent. L'angoisse de la tribu s'intensifia. Le chaman dut intervenir pour qu'on les laisse tranquilles, confiant que les visions reviendraient.

Ce fut un été merveilleux, plein de découvertes, de joies, mais aussi de dangers. Il fallait protéger Timi qui avait un ennemi de taille. Le sorcier Chibougamau, un nom qui signifie « lieu de rencontre » en langue crie, était jaloux. Il cherchait à lui faire du mal. Parfois, il déracinait des arbres qu'il lançait dans le fjord. Pour le narguer, Timi, qui aimait jouer des tours, s'en servait pour se faire un radeau.

La nuit, en canot, les jumeaux se laissaient bercer par le tango de l'onde et écoutaient la musique qui faisait valser l'univers. Le fjord respirait ; il inspirait la lumière de l'univers, il rejetait la pollution de la terre et des eaux qui se dissolvait dans l'immensité. Les jumeaux se sentaient protégés par les arbres dont le faîte dessinait dans le ciel, au gré des vents, des arabesques ; et par les escarpements qui bordaient le fjord, ces colosses de granit dont la cime se perdait dans la brume.

Ils adoraient le chant mélodieux des baleines à bosse et des bélugas. Mistouka connaissait leur langage. Chaque troupeau avait son dialecte et composait des chants en fonction des événements.

– On dira ensuite qu'ils ne sont pas intelligents, dit Mistouka. Espérons qu'on ne les chassera pas jusqu'à l'extinction.

Ils allaient parfois dans la cabane de Mistouka.

Son refuge n'était pas dans une talle de bouleaux comme celui de ses amies ; il était ancré dans le roc, à l'image de la région : indestructible. L'abri se trouvait sur le flanc du cap Trinité, balafré par la légendaire bataille au cours de laquelle le géant Wayo avait étampé la face du méchant monstre marin au sommet de la montagne.

Son capteur de rêves avait en son centre une plume de hibou, symbole de sagesse chez les jeunes filles. C'est dans ce lieu qu'elle dormait le mieux et que ses rêves étaient parfois prophétiques comme si les courants telluriques lui permettaient de voir l'avenir.

– Mes visions me font peur, confia-t-elle. Je n'aime pas savoir que des gens vont mourir. Je ne parle jamais de ces images tragiques, sauf si le décès peut être évité.

– Je te comprends, car moi aussi j'ai ce pouvoir.

L'un et l'autre se sentaient moins seuls.

❋ ◆ ❋ ◆ ❋

Le lent déclin se poursuivait. L'eau du fjord était de moins en moins salée. Les poissons se retrouvaient le ventre en l'air.

La tribu était inquiète, car il n'y aurait bientôt au menu ni morue ni éperlan. Sans sel, la nourriture était fade : elle gardait un côté amer. Certains n'avaient plus le goût de manger.

– À l'origine, raconta Mistouka, le Grand Manitou s'est promené le long du fjord avec une marmite pour saler l'eau. Il voulait que cohabitent les poissons d'eau douce et les poissons de mer pour montrer l'harmonie qui existe dans la nature.

Oganoteg sentait une grande inquiétude dans les yeux de sa sœur.

– Il n'y a donc plus d'espoir ? demanda-t-il.

– Je ne sais pas. Notre grand chaman est dépassé par la situation. Son séjour au Cap-qui-jase ne l'a pas mis sur la piste. Pic-qui-boucane-dans-les-nuages n'y comprend rien lui non plus ; pourtant on dit qu'il communique avec le Grand Manitou. Le Grand Manitou m'a parlé, quand j'étais dans la caverne du Trou de la Fée.

C'est là qu'ils se rendirent. La lumière semblait jaillir du noir absolu, parmi les stalactites et les stalagmites. La fée du lieu brilla de tous ses feux et leur indiqua comment prier le Grand Manitou :

– Il faut que votre prière soit rythmée par les battements du cœur et que vous l'adressiez sur la plus haute montagne du Saguenay.

Toute la tribu se rassembla et implora le Grand Manitou pendant des jours et des nuits, jeûnant, se frappant la poitrine sans cesse, répétant des incantations.

Le maître de l'univers finit par prendre son peuple en pitié. Il redonna au majestueux cours d'eau sa saveur, sa couleur, son parfum, son sel et ses poissons de mer.

Les jumeaux dansèrent de joie avec toute la tribu. Mais cela n'était qu'un répit. Tous deux voyaient un avenir sombre pour leurs peuples.

Que faire, se demandaient-ils, pour empêcher cette période de déclin, de conflits, de divisions, de rancœurs ?

– Comment retrouver la magie d'antan ? s'inquiéta Oganoteg, les larmes aux yeux.

Mistouka répondit :

– J'adore les pierres précieuses, j'essaie de comprendre leur langage et leur histoire. Chaque pierre appartient à une grande famille. Est-ce qu'une pierre précieuse pourrait aider le cristal sacré à retrouver son énergie ?

Elle avait collectionné des pierres et des galets de toutes formes et de toutes couleurs, sculptés par le temps et la nature, trouvés un peu partout : dans les grottes obscures, dans le lit des rivières, au flanc des montagnes. Certaines pierres venaient du ciel ou de la foudre. Les plus belles étaient rejetées par la marée sur les grèves du fjord. Il y avait des pierres précieuses comme le diamant, le saphir, le rubis et l'émeraude. Et il y avait les autres, qu'elle trouvait tout aussi belles.

– De la nature jaillit la beauté. Ce n'est pas à nous, humains, de décider quelle pierre est précieuse, confia-t-elle à son frère.

Mistouka s'était fabriqué des colliers, des pendentifs, des amulettes. Une couronne sertie d'une amazonite ornait le front de Kénogami, le renardeau ; il gardait l'entrée de son refuge. Le joyau avait été trouvé à l'aube dans un lieu secret, entre Pointe Indigo et Pointe Magenta.

Oganoteg participa à la quête de pierres précieuses. Tous les deux connaissaient alors des moments de pure joie. Timi avait un avantage de taille ; il pouvait en dénicher dans le lit du fjord. Ces pierres rares pouvaient se retrouver jusqu'à trois cents mètres. Sa préférée était une labradorite : elle était d'un bleu sombre comme l'eau du fjord qui chatoie à la lumière du crépuscule.

La question revenait, lancinante : une pierre précieuse pouvait-elle raviver le cristal ?

Pour avoir la réponse, il fallait qu'Oganoteg retourne dans son pays, là où était le cristal sacré. Il repartit donc dans sa tribu avec un sac de joyaux.

Plein de tristesse, il prit la route de la baie des Chaleurs avec ses compagnons.

– Je reviendrai, promit-il à Mistouka.

Chacun avait les larmes aux yeux en pensant aux bons moments passés ensemble. La séparation éveillait déjà le lancinant désir de se revoir.

7

Le grand canot descendit « Le chemin qui marche » jusqu'à un endroit qu'on appellera plus tard Rivière-du-Loup. Au lac Témiscouata[24], la rivière Madawaska[25] les mena jusqu'au majestueux fleuve Saint-Jean. Oganoteg voyait des images au fil du courant : les beaux moments passés avec sa sœur, la mission qui les habitait et dont l'issue était incertaine, la hâte de voir l'effet des pierres précieuses sur le cristal sacré, la joie de retrouver des êtres chers. Il passait tour à tour par des moments d'abattement et d'euphorie.

Ils firent escale aux chutes du Grand-Sault où les accueillirent les Malécites[26]. Ce soir-là, comme ils écoutaient le fracas de l'eau tombant dans la gorge profonde, ils crurent apercevoir la princesse Malobiannah. On lui raconta la légende. Prisonnière des Mohawks, Malobiannah s'était sacrifiée pour sauver son peuple. Elle avait guidé les canots ennemis jusqu'à la chute, couvrant de son chant le grondement terrifiant. Cette histoire ragaillardit Oganoteg. Il se voyait prêt à donner sa vie

24. Ce qui signifie : « lac aux eaux profondes », selon les Malécites.

25. Ce qui signifie pour les Malécites : « pays des porcs-épics ».

26 Aussi connus sous le nom d'Etchemins. Certains Mi'kmaq les surnommaient « mangeurs de rat musqué ».

pour tous les Amérindiens. La soirée se poursuivit avec d'autres contes malécites, dont celui du lièvre Matigoué, joueur de tours.

Dès l'aube, ils continuèrent de portage en portage jusqu'à la rivière Restigouche qui les mena à Sikitoumkeg, puis à la baie des Chaleurs jusqu'à l'île Caraquet.

Oganoteg se rendit aussitôt dans la grotte. Il disposa autour du cristal sacré les pierres précieuses qui chatoyaient de tout leur feu. Il attendit quelques heures. Rien ne se produisit.

La tribu était contente de le revoir, mais de sombres nuages planaient à l'horizon. La discorde s'était installée au sujet des terrains de chasse et du partage des vivres. Cela n'était jamais arrivé auparavant.

Oganoteg revint dans la grotte le lendemain. La clarté émanant du cristal sacré tremblotait, s'étiolait.

Il ne savait plus que faire. Il restait des heures à contempler la constellation de la Grande Ourse, cherchant du réconfort. Ne disait-on pas que trois de ses étoiles représentaient trois canots qui cherchaient à rejoindre l'étoile Polaire? La direction indiquait le Nord, là où se trouvait sa sœur. Il voulait retourner au Saguenay. Mistouka lui manquait.

Il sentait pourtant que la réponse viendrait de son pays à lui, la Mi'kma'ki, la future Acadie.

Des visions plus intenses lui venaient au cimetière, là où étaient enterrés ses ancêtres. L'avenir des Mi'kmaq et des Acadiens défilait devant ses yeux.

Oganoteg vit Champlain et le protestant Du Gua de Monts, de valeureux explorateurs, qui débarquèrent à l'île Sainte-Croix en 1604. Les Amérindiens leur offraient une tisane de cèdre blanc et d'annedda, ce qui les sauva du scorbut et d'une mort certaine car cet hiver-là était implacable. Plus d'un tiers de ces premiers colons périrent. Quand le prêtre et le pasteur protestant furent enterrés ensemble, Champlain déclara :

– Ils se sont querellés sans répit de leur vivant au sujet de la Vérité ; on leur laisse maintenant la chance de la trouver dans la mort !

Les visions continuaient.

Les survivants d'Acadie déménagèrent à Port-Royal, le long de la baie Française où se fracassaient les plus hautes marées du monde. Premier théâtre en Amérique du Nord, le Théâtre de Neptune vit le jour et L'Ordre de Bon Temps permit, grâce aux festins, à la musique et aux poèmes de Lescarbot, d'agrémenter les longs hivers.

D'autres visions encore.

En 1608, les colons quittèrent l'Habitation de Port-Royal dont on confia la garde au grand sachem Membertou. La même année, Champlain fonda Québec et carto-graphia le territoire, à la recherche du passage vers les Indes.

Oganoteg vit aussi la colonie grandir et les alliances se nouer entre son peuple et les Acadiens. Puis vinrent la chute de Port-Royal et la cession de l'Acadie aux Anglais en 1713.

Oganoteg était ému devant les scènes de déportation.

À partir de 1755 et pendant sept années, les Acadiens furent ballottés de pays en pays, en proie à la maladie, à la famine, au froid, au déracinement, aux mers démontées. Plus d'un tiers moururent. Des enfants furent placés dans des familles anglaises et protestantes.

Les liens du sang, la religion catholique et un certain respect mutuel rapprochaient les Acadiens et les Mi'kmaq. Pendant des décennies et jusqu'à la fin des déportations, les Mi'kmaq furent de redoutables guerriers. Ils s'emparèrent de plusieurs navires anglais et s'en servirent pour combattre.

Oganoteg se réjouit de constater la résistance acharnée des Acadiens, aidés de son peuple et de l'héroïque Beausoleil Broussard, alors que les corsaires acadiens luttèrent jusqu'en 1763.

Il vit aussi que cette solidarité n'allait pas durer. Après la Conquête, au fil des ans, les mésententes s'intensifiaient entre les Acadiens et les Mi'kmaq.

Il voyait des scènes d'une tristesse infinie.

Avec sa religion, sa science, sa technologie et ses lois absurdes, le conquérant européen détruisait les valeurs de son peuple. La terre était divisée en parcelles et donnée aux colons.

Pourquoi posséder, arpenter, délimiter, vendre la terre ? Nous appartenons à la terre ; elle ne nous appartient pas. Nous ne serons plus chez nous dans notre propre pays. Mais ils ne savent pas mieux, se disait-il, pour se consoler.

❋ ◆ ❋ ◆ ❋

De son côté, Mistouka voyait des scènes qui annonçaient le déclin des Innus.

Ces derniers venaient au poste de traite situé au confluent de la rivière Saguenay et de Chicoutimi[27]. Leurs canots étaient chargés de fourrures qu'ils échangeaient contre de la verroterie, des miroirs, des chaudrons en métal. Un fusil s'échangeait contre un amas considérable de peaux de castor. Avec les années, le montant de peaux exigées pour obtenir un fusil augmenta : les Blancs avaient rallongé leurs fusils. Si bien que les Montagnais devaient aller trapper de plus en plus loin pour satisfaire la voracité des Blancs.

L'alcool, véritable poison, détruisait les familles. Les Innus n'étaient pas habitués à l'« eau de feu » et les Blancs en profitaient !

Mistouka voyait leur société se désagréger. Elle ne comprenait pas cette voracité ni cette fièvre qui consistait à creuser le sol pour trouver de l'or, alors que la richesse était en soi. Elle ne comprenait pas la méchanceté et chaque fois qu'on parlait de rancunes, de conflits, d'injustices,

---

27. Ce qui signifie : « la fin des eaux profondes ».

son cœur souffrait. Elle vivait dans la pureté, l'innocence, la spontanéité. Elle croyait que ces qualités reflétaient la vraie nature de l'homme. Elle savait que son frère ressentait la même peine.

Les « Robes Noires » ne cherchaient qu'à détruire leurs croyances, leurs coutumes et leurs traditions. Ils disaient que leur Grand Manitou n'était pas le Bon Dieu.

Elle laissa échapper un cri du cœur : Nous étions prêts à accepter que leur dieu s'allie au Grand Manitou, mais les prêtres rejetaient tout ce qui ne venait pas d'eux. Il y eut des guerres, des épidémies. Certains d'entre nous croyaient que c'était le baptême ou l'hostie qui causaient ces épidémies. D'autres, que c'était notre refus d'adopter le christianisme. Nous étions dans la plus grande confusion. Et nous ne savions pas que des couvertures infectées que les Blancs nous avaient données en cadeau décimeraient notre peuple.

8

Chaque jour, Oganoteg contemplait le cristal sacré. Sa lueur ressemblait aux derniers rayons du soleil couchant, présage de malheurs. Il ne savait pas comment infléchir le destin et il sortait de la grotte, empli d'angoisse.

Il y avait un autre signe inquiétant. Depuis des temps immémoriaux, les Mi'kmaq étaient sous la protection d'un splendide félin au pelage soyeux et aux yeux de braise, une panthère à la fourrure d'un bleu-violet, gardienne du peuple, qui, d'après la légende, pouvait foudroyer l'ennemi. Elle avait le don de se rendre invisible. On pouvait parfois voir sur le sol, la trace de ses pattes à six doigts. Une ancienne prophétie racontait que si elle mourait, son peuple ne survivrait pas.

Depuis peu, la panthère maigrissait et restait cachée dans sa tanière avec ses petits. La tribu était très inquiète.

Tout était lié. Si le cristal perdait de son pouvoir, la panthère des Maritimes disparaîtrait. Ni les Mi'kmaq ni les Innus, selon la prophétie, ne survivraient ; les Acadiens non plus.

Une vieille tradition consistait à sculpter dans un arbre sain un masque qui représentait l'animal ou la personne qu'il fallait sauver. Si l'arbre survivait, c'était là un signe

favorable. Or, les images de la panthère qu'on avait gravées s'effaçaient avec le temps et les arbres mouraient.

Oganoteg eut beau invoquer les esprits, faire des incantations et des danses rituelles, s'étendre sur le sable de l'île, aucune solution ne venait. Il invoqua les six mondes : le monde de la terre, le monde au-dessus de la terre, le monde souterrain, le monde sous-marin, le monde au-dessus du ciel et finalement, celui des esprits. Rien n'y fit. L'océan gémissait, les vagues se lamentaient et les lutins étaient inquiets.

Pour un temps, la joie régna dans la baie des Chaleurs : Mistouka venait de rejoindre Oganoteg. Un moment de bonheur sous un ciel tourmenté.

Comme si le destin n'attendait que cela, un songe commun indiqua aux jumeaux les trois épreuves à surmonter pour raviver le cristal et par ricochet, sauver la panthère au pelage bleuté.

Il fallait d'abord venir à bout de gigantesques moustiques qui avaient envahi le village des Mocassins et qui risquaient de se répandre dans toute la région. Il y avait parmi eux un insecte particulièrement effroyable, croisement entre le maringouin, la guêpe et le brûlot ; il était gigantesque et particulièrement vorace. Il arrachait des morceaux de chair et allait jusqu'à forer le flanc des montagnes pour en extraire le cuivre. Certains moustiques ne piquaient pas, mais avaient le don d'activer le système pileux; les gens étaient velus comme des singes. Les animaux devenaient fous, les chiens se grattaient jusqu'au sang et les orignaux, affolés, se jetaient du haut des caps. Les gens se montraient grognons et grincheux. Puis la rage les gagnait : on les surnomma les « enragés des Mocassins ». Le chemin menant au village était noir comme la colère de ses habitants. Ils ne dormaient plus, craignant d'entendre le moindre battement d'ailes.

La solution se présenta à Mistouka et à Oganoteg. La rivière Pokemouche[28] roucoulant à la pleine lune, le suroît agitant les feuilles de bouleaux et les vagues polissant les éclats de quartz composèrent une symphonie. L'armada de moustiques, apaisée, déguerpit.

Le cristal sacré se mit à revivre.

Vint la seconde épreuve. Les arbres, malades, dégageaient une odeur extrêmement nauséabonde. Ceux qui allaient dans la forêt empestaient tellement qu'on les fuyait. Ceux qui revenaient de la chasse ne pouvaient prendre leur amoureuse dans leurs bras : elle était terrassée par la puanteur.

Mistouka consulta les farfadets, ces petits êtres qui font régner l'harmonie dans le monde végétal. Vêtus de feuillages, ils passaient quasiment inaperçus. L'automne, ils peinturaient les feuilles des érables. Mistouka était amie avec trois d'entre eux : Mista, Tassi et Sini. Leur

28. Ce qui signifie : « entrée d'eau salée venant de la mer ».

douce voix suivit le fjord, puis le fleuve et atteignit la baie des Chaleurs.

– Il faut, dirent-ils, un parfum pour apprivoiser la nature. Vous devez préparer une potion à partir de fleurs de rosiers sauvages, de pousses de sapin baumier, de trèfles à six feuilles et d'autres ingrédients dont voici le secret.

Les arbres se redressèrent, les plantes reverdirent et la mer reprit son odeur suave. La puanteur disparut.

Le cristal brillait de plus en plus. La discorde diminuait, la joie s'amplifiait comme un vent doux qui enveloppe.

– Cette potion fera la renommée du pays, dit-elle. Et les gens viendront de partout pour se procurer cet élixir, ce parfum qui portera le nom de Saguenay. C'est quasiment un philtre d'amour.

Restait la troisième épreuve. Il s'agissait de trouver dans l'océan et dans les rivières les ingrédients d'un onguent destiné à recouvrir le cristal le temps qu'il se régénère complètement. Ils trouvèrent dans la mer, près de la dune de Maisonnette, une algue rare qui avait des propriétés de guérison. Mais il manquait un ingrédient.

Ils consultèrent alors les berdaches. Ces hommes-femmes, vénérés par la tribu, étaient souvent des chamans et avaient des pouvoirs occultes. On racontait qu'ils pouvaient faire reculer l'ombre d'un marcheur. Les berdaches, impuissants, ne purent rien faire pour le cristal sacré.

La solution se présenta une nuit lors d'une pêche à l'anguille sur la rivière Pokemouche. Les lueurs des torches dessinaient des personnages féeriques qui semblaient prendre le ciel à bras-le-corps. Les jumeaux eurent connaissance, par une vision, de l'ingrédient manquant ; celui-ci se trouvait dans la peau de l'anguille qu'on pêchait cette nuit-là.

Ils firent bouillir la peau et les algues rares. Avec le liquide de cuisson, ils badigeonnèrent le cristal sacré, le caressant avec amour. Ils attendirent dans la grotte, oscillant entre l'angoisse et l'espoir. Au milieu de la nuit :

– La pierre reprend de son éclat, s'exclama Mistouka, pleurant de joie.

– L'espoir est revenu pour nos peuples, répondit Oganoteg, un trémolo dans la voix.

9

Le cristal libéra suffisamment d'énergie pour que survivent les Mi'kmaq, les Innus et éventuellement, les Acadiens. Mais survivre n'est pas vivre.

Les visions recommencèrent.

Les Amérindiens étaient parqués dans des réserves, leurs enfants vivaient dans les pensionnats des Blancs où on les assimilait, les décolorait. La démocratie des Blancs ne s'appliquait pas à eux.

Mais l'espoir finissait par l'emporter comme en témoignait la ribambelle d'enfants des Premières Nations.

Quant aux Acadiens, ils défrichaient et cultivaient la terre. Ils utilisaient un système de digues, les aboiteaux, qui empêchaient l'eau de mer d'envahir les terres et qui laissaient s'écouler l'eau des prés. Après la Déportation, la mer fit d'eux des « défricheurs d'eau ».

Puis ils commençaient, tout comme les Mi'kmaq, les Montagnais et tous les peuples amérindiens, à redorser l'échine.

Mistouka décida de rester avec les siens, les Mi'kmaq.

✳ ◆ ✳ ◆ ✳

Les années passèrent. Une nuit, Oganoteg sentit un souffle glacé l'envahir. Il sut qu'il était temps de partir. Il savait que Mistouka, un jour, quitterait aussi cette terre et que leurs âmes s'entrelaceraient dans l'espace infini.

L'esprit d'Oganoteg s'incarna. Il laissa une fille…

Mistouka accompagna son frère jusqu'à son dernier souffle. Puis elle s'étendit près de lui pour ne jamais le quitter. Elle laissait un fils…

Et le petit renard Kénogami, qui voulait partir avec elle, se lova sur sa maîtresse.

L'avenir restait prometteur. Toutefois, quelques années plus tard, un grand feu décima la région. On ne se souvenait pas d'avoir connu une catastrophe aussi violente. Le cristal perdait à nouveau de son pouvoir…

L'inquiétude revint. Les descendants d'Oganoteg et de Mistouka allaient-ils pouvoir poursuivre l'exploit de leurs aïeux ?

La panthère bleue, toutefois, avait survécu. Elle avait même eu des petits.

Les descendants de Mistouka et d'Oganoteg racontèrent leurs visions :

À Sikitoumkeg, là où la baie court à la mer, la panthère a sa tanière; elle se trouve sur le Pain de sucre. Ses petits se portent bien.

N'était-ce pas là un bon présage?

FIN

Postface

J'ai voulu honorer la mémoire des premiers peuples d'Amérique qui nous ont accueillis et à qui nous devons tant. Sans eux, nous, les Acadiens, n'aurions pas survécu aux hivers rigoureux.

N'oublions pas que les Mi'kmaq n'ont jamais cédé leurs territoires traditionnels. Mais tant de traditions, tant de richesses furent perdues. Tant de destruction du tissu social, alors qu'ironiquement à l'origine le mot Ni'kmaq (Mi'kmaq) veut dire : ma famille.

Chaque année apporte son lot de découvertes, de nouvelles interprétations. Il y a la richesse de la langue mi'kmaq où souvent les noms de lieux – qui ont parfois plusieurs significations – servent à la fois d'avertissement et de carte terrestre ou marine comme dans l'exemple suivant : « l'endroit où il faut connaître les nombreux écueils ». Une langue qui classe les noms en deux catégories : les êtres animés et les êtres inanimés ou dormants qui peuvent changer d'état. Les couleurs peuvent parfois être représentées par des verbes. Le Créateur est désigné par « Il nous crée », qui se conjugue comme un verbe ; ce qui laisse supposer que Dieu est en perpétuelle évolution, tout comme le reste de la création. Difficile de surpasser la finesse, le raffinement de cette langue !

On croit souvent que l'intérêt pour les cristaux est né avec le mouvement du Nouvel Âge, qui a surgi vers la fin du deuxième millénaire. Eh bien non! Ce mouvement s'est inspiré de traditions très anciennes venues des peuples amérindiens qui, parce qu'ils étaient proches de la nature, connaissaient le pouvoir du monde minéral. Voilà ce qui m'a inspiré *Sikitoumkeg*.

En 2012, j'ai eu le privilège d'être choisi par l'Association professionnelle des écrivains de la Sagamie (APES) pour une résidence d'écrivain de trois mois dans ce beau pays qu'est le Saguenay-Lac-Saint-Jean. C'est là que l'idée d'un conte qui parlerait des Premières Nations a vu le jour. C'était pour moi une façon de reconnaître ces peuples qui nous ont influencés positivement soit par leur mode de vie, soit pour certains, par leur ADN.

La venue d'un écrivain en résidence témoigne de la valeur que l'on accorde à la pensée et à l'écriture; elle signifie que l'on veut faire connaître l'esprit et la beauté des lieux et des gens. J'aimerais souligner ici l'ouverture des gens du Saguenay-Lac-Saint-Jean qui ont choisi un écrivain originaire d'ailleurs. Cette région est un lieu propice à la création. Les énergies sont vives, la luminosité, particulière; l'air parle de l'océan, des lacs et des rivières. Les éperlans et les morues, les ambassadeurs des Provinces maritimes circulent entre la baie des Chaleurs et le fjord du Saguenay.

Puisse cette résidence s'enraciner dans le roc, tout comme le font ses habitants! Qu'elle serve d'inspiration et de modèle aux autres régions du Québec et de l'Acadie. Je me dois de remercier les pionniers de la première heure : Yvon Paré et Danielle Dubé d'abord; puis André Girard, Sylvie Marcoux, directrice du Salon du livre du Saguenay-Lac-Saint-Jean, Anne Lebel, de la bibliothèque de Saguenay, Véronique Villeneuve du Conseil régional de la culture et tant d'autres. Mes remerciements vont aussi au Conseil des arts du Canada, à l'Association profession-nelle des écrivains de la Sagamie, à la Ville de Saguenay (arrondissement de La Baie) qui m'a officiellement reçu lors d'une cérémonie.

J'aimerais enfin remercier Lily Martel et Yvon Bernier qui m'ont prêté leur superbe maison patrimoniale qui domine les installations portuaires de La Baie. J'avais l'impression de me retrouver, enfant, dans la maison ances-trale, bâtie en 1836, à deux pas de la mer à Bas-Caraquet.

Ce petit conte, conçu au Saguenay-Lac-Saint-Jean, a été terminé en Acadie. En fait, au départ, j'avais en tête deux histoires; l'une sur les temps anciens, l'autre qui se passait de nos jours. Pour simplifier, je n'ai gardé que la partie ancienne; quitte à faire une suite. J'ai aussi étoffé la partie acadienne grâce à des jumeaux, ce qui a permis de décrire la richesse des lieux et des traditions. Je sou-haite de tout cœur que *Sikitoumkeg* fasse mieux connaître l'Acadie, le Saguenay-Lac-Saint-Jean et les Amérindiens.